SÃO PAULO, 2024

Editor Eduardo Lacerda
Ilustrações Dodó Ribeirana
Preparação de texto Mônica Kalil
Projeto Gráfico Marcílio Godoi
Assistentes Editoriais Amanda Vital, Gabriel Santana
Içara Bahia, João Vitor Nascimento, Raquel Alves
Ricardo Escudeiro
Administrativo e Comercial Pricila Gunutzmann
Administrativo e Marketing
Sofia Fernandez Gunutzmann
Expedição Sheila Gomes
Eventos Flávio Rodrigues

Editora Patuá | Livraria Patuscada
Rua Luís Murat, 40
Vila Madalena – São Paulo – SP
(11) 96548-0190
editorapatua@gmail.com
www.editorapatua.com.br

concepção de frutos e sementes
araribá, urucum, açaí, seringueira,
ipê, paineira-barriguda, quaresmeira,
mangue, araucária, barbatimão, baru,
xixá, angico, embaúba, ucuúba-do-cerrado,
sapucaia, copaíba, candeia, jacarandá,
babaçu, jequitibá, faveleira, sucupira-branca.

dodó ribeirana
pra
ver
emba
úba
bri
lhar

Encanta-te.
Esquece-te.
Tem por volúpia a dispersão.
Não queiras ser tu.
Quere ser a alma infinita de tudo.
Troca o teu curto sonho humano
Pelo sonho imortal.

Cecília Meireles

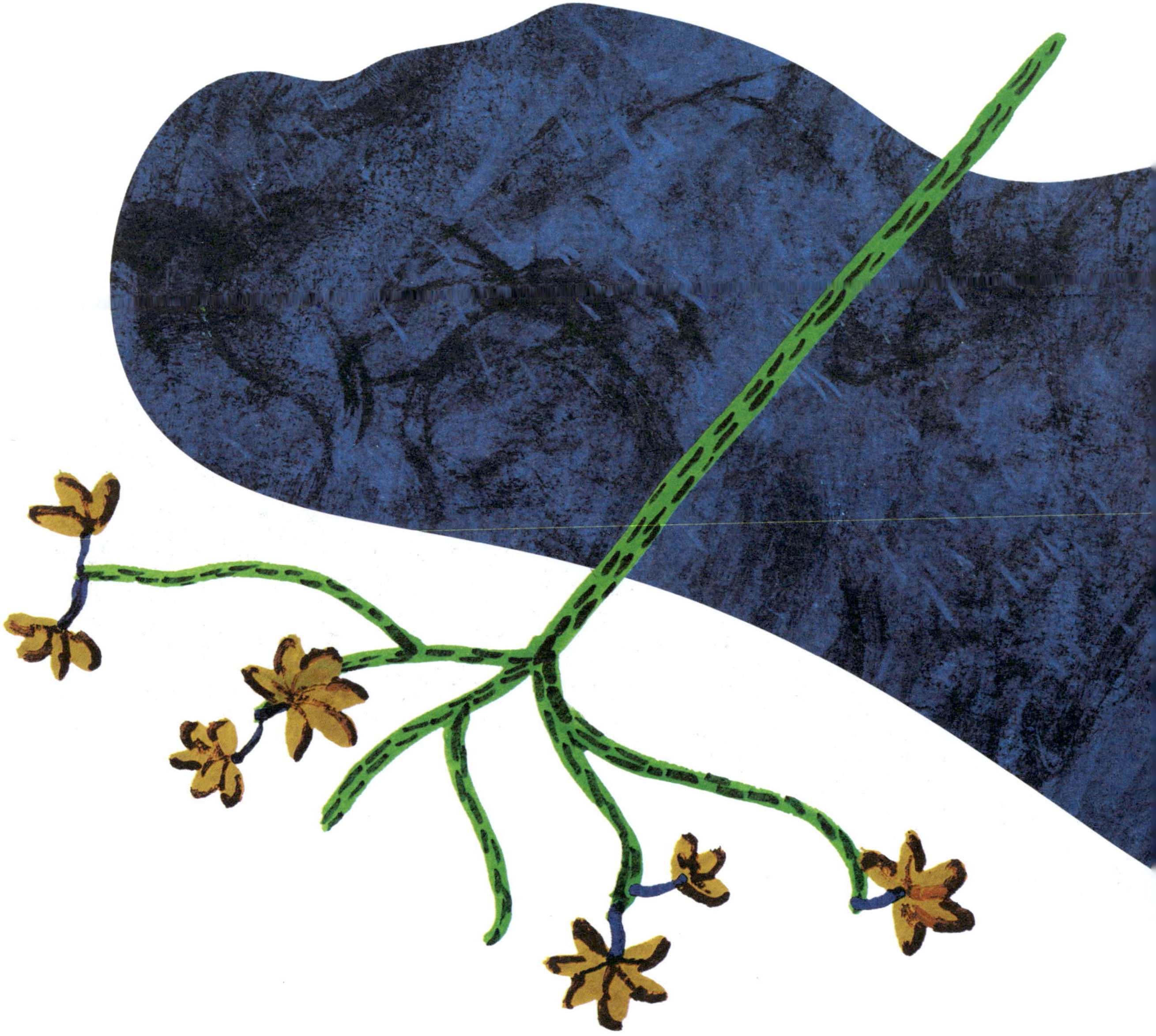

Para minhas avós,
Anna Maria e Etelvina,
essas brilhantes embaúbas.

a casca

"O vento voa a mariposa morta", responde a noite. Contávamos insetos pelo canto; o ouvido ouvia quatro, mas contava três. O quarto, inaudível, era como se não houvesse, mas havia: há um inseto imatérico, frequenciador do silêncio, sustentando o canto dos encarnados. Insondamos se assim era, como era, e outros informuláveis enigmas. "O vento voa a mariposa morta", responde a noite.

E quando caem sobre nós as crateras da lua?

Que bicho emprestou pele à manga? De que fruto vêm a água do rio e a terra das minhas unhas? Qual o nome do inseto encantado que canta sem voz? O vento voa a mariposa morta. A turbulência ganha quietude com as noites e com os dias. Hoje, na oportunidade de pedir à estrela cadente, desejamos novas estrelas.

a polpa

palavra saindo sopro,
escorregada cambalhota.

uma palavra fácil

palavra-praça
palavra-paisagem
palavra-ar

que desentorte a palavra-torre
— e a curve.

que desenforme
um bom-bocado.

assim que ela soa, a ideia é.

(e me dá muito gosto:)

palavrar candeeiro,
flor de jambo,
empinar cometa.

sol que atravessa jatobá
chega pluma em bem-te-vi

o passarinho despousa
e avoa pena de taboa em beira-brejo

cigarra perde o tom
e recupera com coaxo

entra o vento-melodia
cantando areia em túnel de folha seca

do pé cai um ingá
e os peixes vão pescar
(se assim desejar a correnteza)

dois beija-flores que namoram em pleno ar
se conheceram na florada da pitanga

o céu cinza e azuleja
estrelifica ao meio-dia

que silêncio em movimento!, me sussurra
a maritaca
somos tudo acontecendo

e o jenipapo inteligente
ensina a contar até um.

árvore de estrelas mistas,
em você, vejo em mim
uma estrela suave como
a que está no céu.

— como se o que se encontra de perto
fosse o esperado de longe na terra:

estrela redonda
quentinha
lenta-vagante
terna
imortal.

árvore de estrelas mistas,
em você, vejo em mim
a redundância da forma:

vejo seu tronco-estrela
        sua folha-estrela
        seu fruto-estrela

(não vejo sua raiz, mas a sei estrela.)

árvore de estrelas mistas,
em você, me adivinho.

em você, o céu é nosso simétrico.

amada irmã, como eu, possível por sóis.

uma imagem chega

brotada no abstrato
concebida no abstrato.
escrevo agora sob a sombra da minha mão:
rios aéreos
a célula
planetas gasosos
o uirapuru
o peixe antes da refração
a memória.
nada explicado, vaporizada nitidez.
as coisas se propõem
quem as vir, sonhou.
arregalado, redondo, riso, sorte.
e as solta
que elas é que têm planos pra gente.

o que só a abstração conhece
não é algo sobre o qual se escreva.

a garça é o dia alongado

faz um domingo na água
faz um domingo na terra
faz um domingo no ar

um varal de asas
uma rede de penas
e um bico comprido
de domingo

olhos nadam com o peixe
corpo voa com o sol
língua fala com o tempo

patas largas flutuantes caminham
com o tempo

que fez de seu pescoço
sinuoso rio
por onde as coisas do coração
chegam à cabeça

quem parou hoje na lagoa da praça
pôde ver, absoluto
o mundo em estado de garça.

as criaturinhas
praticam a poesia apalávrica.

(nos olhos,
no corpo,
na paisagem.)

as criaturinhas criam em silêncio, prescindindo do verbo.

— como lhes é natural.

mas a palavra —
ouvir a palavra chamando-as

criaturinhas

dá uma coisa boa.

medo

lembro do dia em que minha avó me rezou
e de quando me rezou minha mãe

no escuro
me rezam aleluias
esperanças, bruxinhas:
noturnos de boa proteção

planto fogo para o contorno da casa
e, com um longo capim,
o pesco

quem o habita, fruto da pescaria:
uma estrela

ponto posicionável no firmamento
que da folha, da chama
da reza
ganha a dança.

(e, tão logo, desaparece.)

congelo e colho maracujás
moldo as gomas da mandioca
moldam-se.

algo se plasma na massa
fértil e amorfa do solo e do céu:
um caju, uma nuvem
desaparecidos como vindos: como eu

expressão mais uma do composto
autosselecionados de dentro do indistinguível

para que eu possa apaixonar-me.

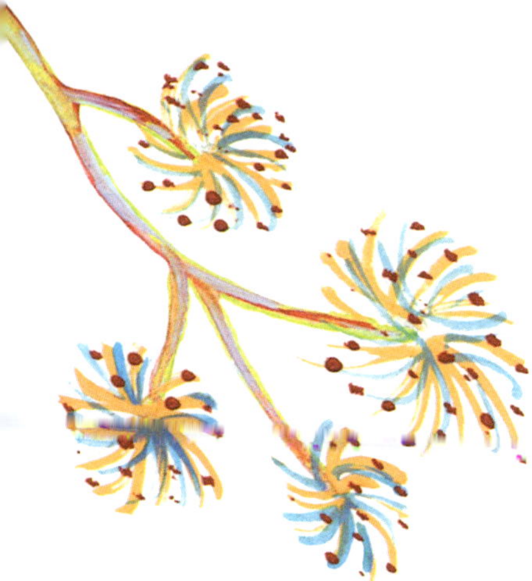

era eu e o céu, fim de dia.
campo vasto de serralhinhas
flor-pincel
o giro do horizonte existia inteiro
o todo.

o sol dissolve-se em licença do mundo
agora jasmim-manga, romã aberta
estendida, alastrada.

a cor-de-olho-de-rosa tudo envolve
grande arco todo em volta
vaporoso bambolê planetário

me contém.

ao redor das curvas
na borda dos ciclos
no contorno dos furos
na volta dos discos
nos arcos das rodas
no giro dos olhos
na redondeza das órbitas
no torno da terra
no umbigo das coisas.

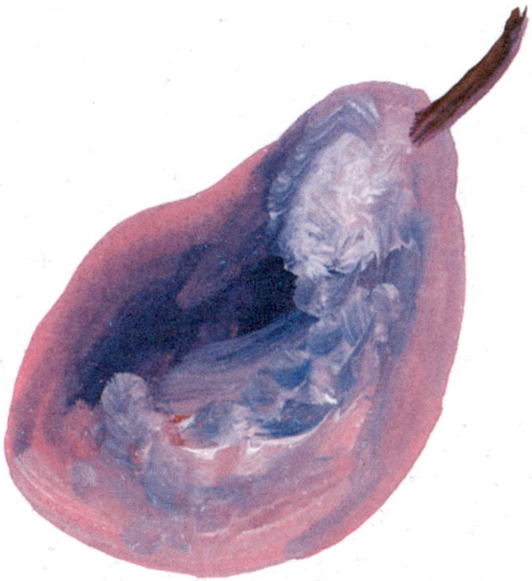

redonda de todo, em tudo a lua é abotoável.

a prece azul da terra
me reza ser sem pressa
que dum ramo verde encante
divina manga

e também
o feio
das libélulas
o bonito
das cascas
e o mantra das minhas unhas
enquanto o mundo
num coro celeste

me canta
uma quadrinha, uma bula, uma piada
uma picada de pernilongo
bola rosa de calor
o pôr do sol daquele dia
e o de hoje.

que na vida virada em canto
brinca beleza
no oco da taquara
meu filho moleque anjo.

não há bicho que flutue.
os pés arejados
e até a ausência de asas
— ausência de esforço

há o horror — com e sem doçura —
de ver a vida em estado bruto.

há o que sempre houve: o mar de todos os santos

(boquiaberto de assombro).

em riba da ribanceira, ribeira.
peixe-lua viaja na corrente mais funda.

da rasteira do som oco
levanto desdobrada
o tempo, enfim, transformou-me
e me vejo no espelho d'água:
uma onça segue-rio.

o caroço

mito da criação I

pássaro redondo
desembola as linhas do mar
na areia.

pássaro redondo tudo
desembola
com o vento.

mito da criação II

o verde-surpresa
desrevelando seu nome
dele me lembro, dele me esqueço.

mito da criação III

cheiro de fruta-mar
e tudo aquilo de tão íntegro
e pouco sólido
nos vestígios do vento.

mito da criação IV

alegria de floresta
se vê em passeio.

mito da criação V

criança viu e sabia.

mito da criação VI

a fábula do girino
lembra em cara e jeito
uma coisa
uma coisa...

mito da criação VII

saíra-lagartixa
que, de cor, tem tudo
aponta nascente
apontando queda d’água
apontando pra mata
de beira.

mito da criação VIII

vi pássaro cinza de chuva
cantava ao dia igual
sabiá canta, saí azul.
três pius de manacá
e a vista de tudo.

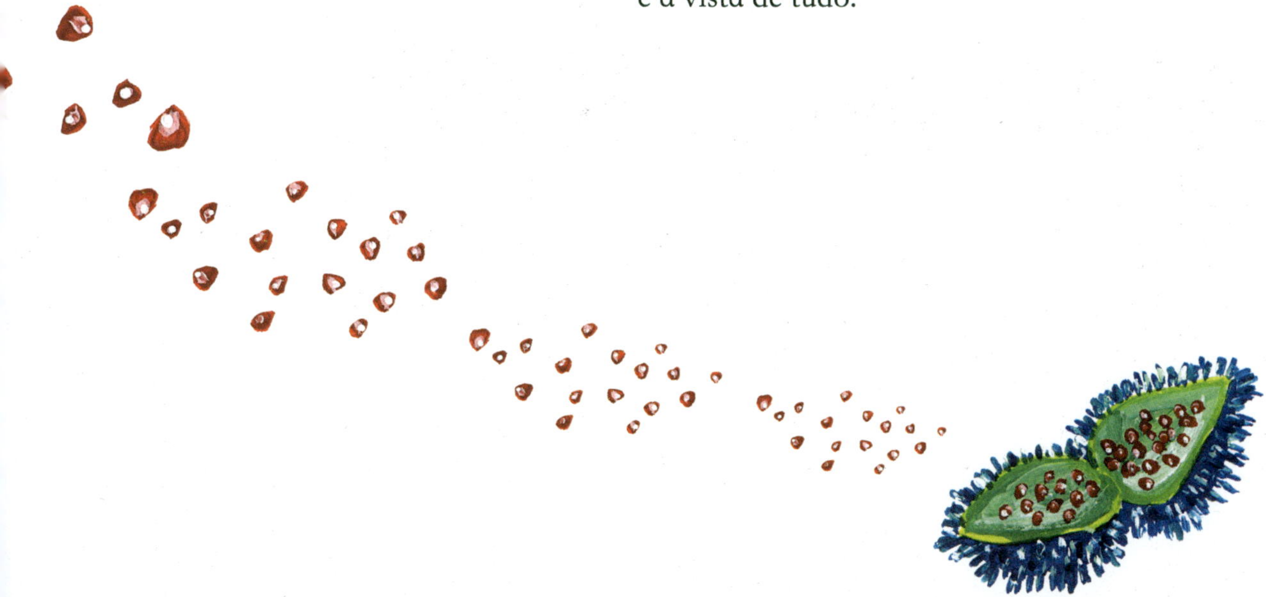

mito da criação x

desdobrar de bola de sol
mora aí o caroço das folhas
ou o miolo
fulano fala mistério
a mariposa é outra que entor
ta as palavras.

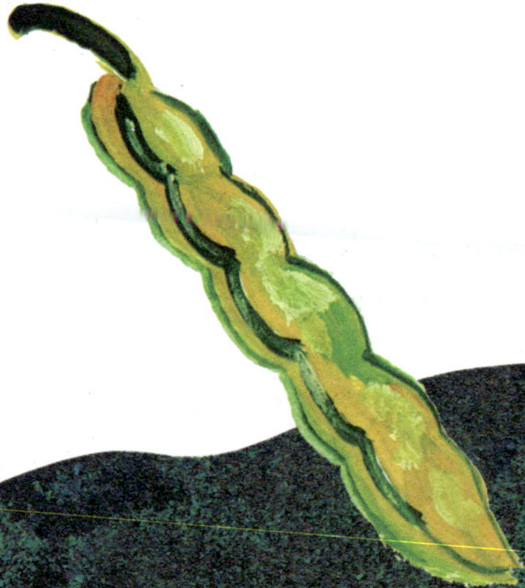

mito da criação IX

no zum das abelhas tortas
desfaz-se em voo um jurueu
inconcreto jacarandá beleza.

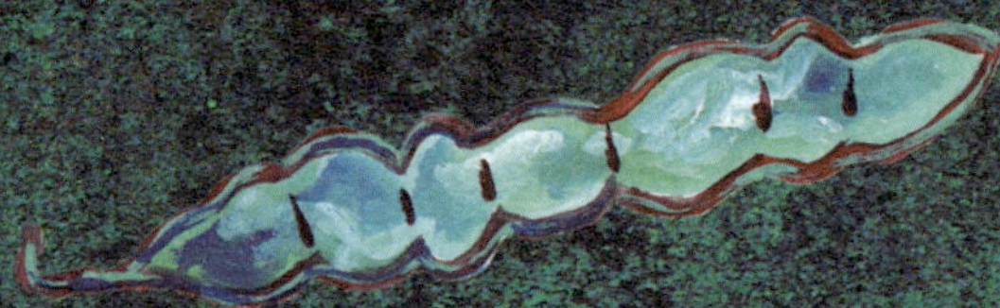

mito da criação XI

de cor se sabe e não se sabe
do desenho das pedras
do caminho do peixe
segredo que nenhum
do silêncio através.

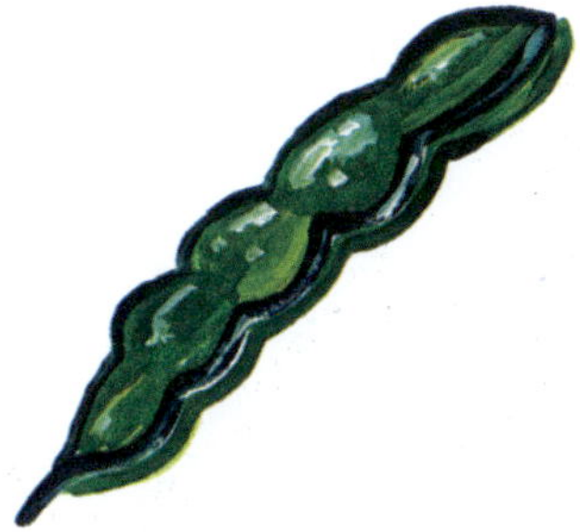

mito da criação XII

e o clarão foi embarrigando
embarrigando
embarrigando...

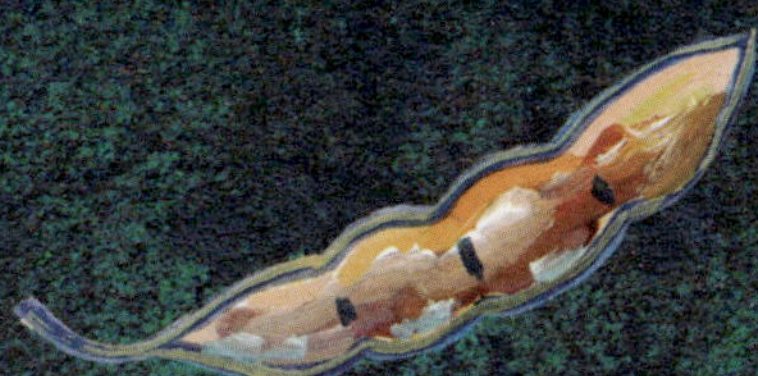

mito da criação XIV

na triangulação de números zero
zelosamente plantados
cultivados
e colhidos.

mito da criação XIII

quando não havia nada
não havia medo.

mito da criação XV

antes das abelhas
imensos miolos de flor
se beijam.

mito da criação XVI

o orgasmo dos caracóis.

56

mito da criação XVII

no início, eram o círculo, a esfera
e todas as coisas redondas.
diante disso, não foi necessário criar mais nada.

Catalogação na publicação
Elaborada por Bibliotecária Janaina Ramos - CRB-8/9166

R484p

Ribeirana, Dodó
Pra ver embaúba brilhar/Dodó Ribeirana.-
São Paulo: Patuá, 2024

64p., il.; 19x17 cm

ISBN 978-65-5864-802-4

1. Poesia. 2. Literatura brasileira. I. Ribeirana, Dodo. II. Titulo.

CDD 869.91

Indice para catálogo sistemático
I. Poesia : Literatura brasileira

Este livro foi composto em Songti C12 pela Memo Editorial e impresso em papel ofsete 115g na gráfica Graphium, São Paulo, Brasil, em outubro de 2024, quando queimadas criminosas assolavam o país e as árvores cujas sementes foram aqui representadas.